赵世林 著

岁月留吟

敦煌文艺出版社

图书在版编目（ＣＩＰ）数据

岁月留吟 / 赵世林著. -- 兰州：敦煌文艺出版社，
2018.5（2022.1重印）
　　ISBN 978-7-5468-1563-3

　　Ⅰ . ①岁… Ⅱ . ①赵… Ⅲ . ①诗集－中国－当代
Ⅳ . ①I227

中国版本图书馆CIP数据核字（2018）第083108号

岁月留吟

赵世林　著

责任编辑：曾　红
封面设计：白　帆
版式设计：孟孜铭

敦煌文艺出版社出版、发行
地址：（730030）兰州市城关区曹家巷1号
0931－8152315（编辑部）
0931－8773112　0931－8120135（发行部）

三河市嵩川印刷有限公司印刷
开本 710毫米×1000毫米　1/16　印张 11　插页 1　字数 106 千
2018 年 8 月第 1 版　2022 年 1 月第 2 次印刷
印数：1 001~3 000

ISBN　978-7-5468-1563-3
定价：38.00 元

序一

李中峰

捧读赵世林君即将付梓的诗稿《岁月留吟》，心情总是激动不已，为他勤奋的追求所感动，为他蓬勃的诗情所感染。

赵世林，字天水，网名非非。甘肃民乐人。生于1952年，1977年参加工作。历任乡党委书记，县农业区划办主任，县科技局、宗教局局长，系人民公仆。2011年退休后移居张掖，和我同住在甘州区馨宇丽都小区。我们每天晨练、晚间散步时，常常谈诗、读诗。在我的影响下，他也喜欢上了诗词，躬身砚田，伏首芸窗，开始学写传统诗。某天，他拿来一沓诗作要我"斧正"，而我不自量力，竟好为人师，给他修改了两首绝句。我指出"传统诗是讲格律的，要想学好传统诗，首先要过格律关"，并送他一本张昌言先生编著的《中华诗词基础》。我还告诉他："学写格律诗，必须从绝句开始。"世林很有悟性，很快掌握了诗词格律。从此，他迷上了诗词写作，对中华诗词产生了浓厚兴趣。对于退休老干部来说，这正是"老有所学，老有所乐，老有所为"的表现，它不但充实丰富了老年人的精神生活、文化生活，益智怡情，有利于身心健康，而且创造精神产品，贡献于社会。从 2013 年起，世林不断有新作在《世界汉诗》《星星诗词》《甘肃诗词》《夏风》《张掖诗词》《甘州诗词》《青山》《塞外风》《江夏诗联》《东崂诗词》《鸣弦诗词》《嵩山诗坛》等全国几十家诗词刊物上发表，而且佳作迭出，引起张掖诗词界的广泛注意。

我为世林的成绩和荣誉骄傲，同时我也看到在成绩和荣誉背后的勤奋和执着，追求和梦想。《退休吟》云：

退出公门未肯闲，怡然自乐种诗田。

邯郸学步休言晚，仄仄平平都是缘。

他爱诗的程度和写诗的态度，可从他《作诗感吟》中看出：

老了填词又品章，搜肠刮肚送时光。

凌晨早过东方亮，还为平平仄仄忙。

道出了他对诗词的酷爱之深，用心之苦。《老来乐》吟：

老来又爱喜吟哦，梦里寻诗乐趣多。

盛世情怀歌不尽，丹心一片唱山河。

他对诗词的着迷程度，已经到了如痴如醉的地步，连做梦都在作诗。

世林君为人温雅，谦恭平和，豁达大度，兼容包蓄。其诗词创作，题材广泛，内容丰富。时代风云，社会变迁，咏物怀古，哲思感悟，朋友酬答，心路历程，都纷然入诗，各著光彩。在他眼里生活到处都是诗，诗就是他的生活，他的所见所闻就是他的诗材，可谓无事不可入诗。他用诗词记录历史，讴歌时代，赞美英雄，陶冶情操，滋养心灵，反映生活主流和精神风貌，使诗词成为传播社会正能量的工具。他的诗应天时，接地气，富有生活气息。他满腔热忱地歌颂中国共产党：

南湖一盏灯光闪，唤起工农烈火燃。

万里长征谋正道，千秋大业掌航船。

承先启后兴宏业，图治励精改旧颜。

吐气扬眉开盛世，神州处处艳阳天。

——《纪念中国共产党成立九十五周年》

歌颂日新月异的祖国：

喜迎国庆心潮涌，共话繁荣颂党恩。

时雨浇花花茂盛，春风润物物生津。

民生改善年年好，国力增强日日新。

长治久安兴大业，举杯共庆小康春。

———《国庆六十五周年》

歌颂可爱的家乡：

农家小院向南开，花果飘香碧玉裁。

豆角含羞藏叶底，南瓜敞腹上阳台。

门前鸟雀枝头闹，屋后芳菲次第排。

满目珠玑流馥郁，乡情乡味入诗来。

———《乡村见闻》

歌颂新时代涌现出的新成就，新人物，新气象，新风尚：

古道今开策略清，亚欧联袂树新风。

巨龙破浪飞天宇，高铁爬山驰远城。

丝路千秋一线暖，云端万里五洲通。

双赢平等互发展，大展宏图业绩丰。

———《"一带一路"赞》

举凡党和国家重大庆典活动，他都及时赋诗书感，这些作品表现了他的崇高思想境界和浓郁的博爱情怀，洋溢着充沛的时代精神。他的诗词作品给人以鼓舞和力量，传递的是正能量，在他身上体现着当今文艺工作者的使命和担当，这是当代诗人必备的品格。他的思想境界和博爱情怀，不仅表现在国家大事和公共事务上，也表现在亲情友情上。对父母的怀念，也成为他创作的一大主题。

母亲是树又如船，为子遮风又挡寒。

——《乙未母亲节感言》

祭日来临念故人，难忘父母养儿恩。

——《清明扫墓》

梦里寻亲亲不见，醒来流泪泪如泉。

——《忆父母》

心随供品慰先祖，面对坟茔热泪盈。

——《清明感怀》

父母为养育自己受尽了辛苦，但还未来得及享受天伦之乐就离世而去，往事萦怀，久久难以排遣，表达了作者对亲人刻骨铭心的思念，写得情深意长。

世林生在农村，长在农村，深谙农村生活，对家乡的一草一木都怀有深厚的感情。其所咏诗词都贴近时代，贴近生活，语浅意深，味厚情真，淡淡几笔，溢满山村泥土芳香。《家乡建体育广场有感》云：

乡村建起健身场，男女晨昏锻炼忙。

莫道农民生命贱，只因未遇好时光。

对改革开放以来出现的新事物、新气象也能涉笔成趣，一经点染，便见风情。《乡村即景》云：

青山叠翠画图新，淡雨疏烟少染尘。

科技大棚生意火，家家门上小车频。

他的诗清新明快，雅俗共赏，流畅自然，生活气息浓郁，无矫揉造作之态，有朴素无华之工。随性述怀，有感而发，意笃情真，引人入胜，读来甚感亲切。写出了农民宽广的胸怀，崇高的志向，请看《打工》：

忙罢农活身不闲，走南闯北去挣钱。

农家也有凌云志，筑起高楼上九天。

写出了农民工挣钱后的喜悦，以及妻子儿女盼望亲人归来的急切心情。《盼归》：

在外打工方领薪，回家电话便登门。

一双儿女逢人笑，妻子含羞点绛唇。

写出了脱贫致富后的农民，挺起腰杆做人的自豪感和意气风发的精神面貌，热情歌颂了党的富民政策给农民带来的新变化。《赞农民衣食住行之三》：

身居土屋时光流，政策暖心有盼头。

三载打工钱攒够，腰杆挺起住高楼。

诗言志。《岁月留吟》中有不少咏物诗，如，作者借咏梅以述志，托松柏以寄情，既刻画了物，也把自己的人格、思想、感情写了进去。尤其是《吟春》《盼春》《恋春》《春雨》《春风》《春韵》《春梦》，写出了诗人对春天的欣喜与热爱之情。作者选取春的意象，构成了一幅幅清新明丽的画面，令人耳目一新。其中有不少愤世嫉俗之作，针砭时弊，直刺贪腐。作者为打虎拍蝇叫好，为反腐倡廉点赞，爱憎分明，正气凛然，体现了诗人的性情品格和社会责任感，也反映了赵君不畏权贵，正直豁达的文人情怀。

世林的诗写得别致，其词，更见其心志。《长相思·卖菜女》：

种也忙，卖也忙，下地装车进市场。赚钱喜气扬。

果飘香，菜飘香，物美价廉任品尝。自称老板娘。

此首词写得清新活泼，自然流畅，形象鲜明，亲切感人，平中见奇但又浑然天成。

这本诗集不乏佳作和佳句，可圈可点，可咏可诵，相信感兴趣的诗友会详查细品。当然他的诗不是首首都好，有些诗提炼不够，意境不深；有的诗平白有余，含蓄不足。我们要拜古人为师，向名家学习，学会形象思维，掌握比兴手法，用意象说话，让概念靠边，才能写出含蓄婉转，意味无穷的好诗来。

世林君以其《岁月留吟》见示，嘱余为序。想我老朽，一无才气，二无盛名，受之发怵，却之不恭，难从其命。然则其心诚，其意笃，令我感动，只好不揣冒昧，勉为其难。余才疏学浅，妄论短长，佛头着粪，倍感彷徨。读者慧眼，自辨心香。

2017 年 7 月 20 日

（李中峰，甘肃民乐人，生于 1937 年。中华诗词学会会员，中华辞赋学会会员，甘肃省作家协会会员，甘肃省诗词学会会员。中国当代文化促进会诗词委员会委员，中华诗词文化研究所研究员，甘肃省诗词学会理事，海潮诗社社长，张掖诗词学会副会长。现为甘州区诗词学会名誉会长，《甘州诗词》副总编辑。）

序二

王洪德

2017年10月1日接到赵世林先生夫人张女士打来电话，谈笑之间表达了他们夫妇要到我家叙旧。因我近日身体不适，不便见客，便婉言谢绝。谁知下午三点门铃响起，他们二人相约而来，这使我始料不及，又十分感动。贵客登门，家中无以为待，唯有清茶一杯，倒也其乐融融。对于世林先生，我交往不多，准确地说只见过一面。人生就是这样，有缘不在见面多少，有些人就是一次邂逅，就会注定一生交往。我与世林先生的交往就是如此。有一次著名诗人李中峰先生诗集出版之际，相约几位挚友雅聚，世林先生夫妇就在邀请之列。就是那次聚会，我与他们相识，大有一见如故、相见恨晚之感。世林先生温文尔雅，谈吐自如，真诚朴实；其夫人则热情好客，风趣幽默，妙语连珠。两人之间在性格上有很强的互补性。他们夫妇与李中峰先生既是老乡，又是诗友，相交甚厚。共同的志趣爱好，使我们之间的距离很快拉近，酒酣之际更是无话不谈，就像久别重逢的老友一般。

世林先生以其诗词集初稿见示，展卷赏读，满篇佳什，不胜欣喜。

诗集收集了先生近年来创作的近四百首诗词作品，一位花甲之人，在短短的三年时间能有如此丰厚的诗作问世，非异常之勤奋执着而不能也！

仔细拜读，他的诗词有五个特点：

特点之一——涉猎广。上下五千年，纵横几万里，大到山川河流、日月星辰、时事政治，小到逸闻趣事、生活琐事、日常见闻，都在他吟诵的范畴之内。至于颜欧柳赵这些书法名家，杜甫李白这些著名诗人，毛刘周朱这些时代伟人，春夏秋冬这些时令季节，梅兰菊竹这些祥瑞花卉，萝卜白菜这些家常蔬菜，十二生肖这些传统题材，都无一遗漏地在诗作中加以咏赋，其内容涉猎之广，令人叹为观止。

特点之二——感悟深。世林先生的诗作，无不渗透了对社会的悉心研究，对生活的细致观察，对人生的深切感悟，将这些诗外的功夫体现在诗词创作之中，极大地提升了诗词的艺术水准。譬如《观察》："同住小区里，出门见面频。闲来屈指算，多是种田人。"短短的二十个字，体现了对生活的细致观察，因而得出精确的判断。

特点之三——情感真。无论是描摹一草一木，还是描绘一砖一石；无论是吟哦一山一水，还是咏叹一楼一阁；无论是题赠亲朋好友，还是怀念师长同窗，都饱蘸感情，读来无不令人动容。家国情，故乡情，亲友情，情深意切；同窗谊，同志谊，手足谊，发自肺腑。有了真情实感，诗词就有了灵魂，就有了诗味。比如《游湖》："碧水清波倒影悠，野鸥敞腹竞风流。远来阿妹抛媚眼，牵手情哥荡小舟。"这首诗充满感情，诗意盎然，是真情的自然表露，如果缺乏真情实感，是写不出这样优美的诗句的。

特点之四——意境美。诗词之美，贵在意境。世林先生的诗词多数意境很美。或波澜壮阔，有排山倒海之气势，或空灵绝妙，有山涧云烟之宁静；或小桥流水，有江南水乡之秀美；或粗犷豪放，有大漠长河之雄壮。这类诗词读来无不沁人心脾，回甘满喉。如《秋游润泉湖》："金秋结伴绕湖行，绿树荷花入眼明。丽日风和凝翠色，轻舟摇影最怡情。"金秋时节，日丽风和，碧波荡漾，荡舟湖上，多么优美的意境，多么舒畅的心情，读来如临其境。

特点之五——趣味浓。世林先生的许多诗词从小处着眼，在细处落笔，虽然着墨不多，读来妙趣横生。这些诗词，往往需要功力，从谋篇布局到炼字造句，最需要诗人的功夫。更说明诗人善于从现象到本质，在平淡无奇的事物中不断地搜寻、提炼和琢磨，归纳出有滋有味的诗句。

世林先生从刚开始的蹒跚学步，到如今跻身诗坛，在诗词创作的道路上勇往直前，经历了一番不平凡的探索历程。在短短的几年时间里，能够取得如此丰硕的创作成果，那么他成功的妙诀是什么呢？窃以为：

——**多彩的生活为他的诗词创作提供了丰富的素材。**世林先生20世纪70年代参加工作，历任乡镇党委书记和多个县直部门领导，丰富的生活历程和多彩的人生阅历为他的创作提供了源源不断的素材。由于丰富的生活经历，为他观察社会百相，研究复杂人生，体悟人情世故，创造了便利条件。所谓"世事洞明皆学问，人情练达即文章"，创作诗词就会得心应手，顺理成章。

——**丰富的阅读为他的诗词创作带来了大量的滋养。**世林先生是一位好学之人，十年寒窗饱读诗书，工作之余更是手不释卷。古人云："腹有诗书气自华。"几十年的读书积累，数十载的默默耕耘，为他的诗词创作积累了大量知识，沉淀了扎实基础，所以他的诗词创作才如江河行地、日月经天，自然流淌，毫无矫揉造作之感。

——**细致的观察为他的诗词创作带来了无穷的灵感。**任何一种艺术形式，要想达到理想的境界，离不开对于事物的细致观察，只有这样，作品才有生命力，才能打动人。世林先生的诗词，以生动取胜,以细节感人,这些无不得益于他超乎常人的观察力。可见他是一个有情之人。

——**不断的思考为他的诗词创作带来了想象的空间**。诗家有言,诗有三个层面,或者三个境界:一曰技术层面,二曰艺术层面,三曰哲学层面。正如"横看成岭侧成峰,远近高低各不同。不识庐山真面目,只缘身在此山中"一样,要达到这种境界实属不易。但世林先生的诗词创作无不凝聚了他深深的思考,对历史的拷问,对现实的思索,对未来的憧憬,对人物的评判,对命运的探究,总是感到他一直在思考,在思考中得到感悟,在感悟中得到启迪,因而许多诗词闪烁着思辨的光焰。

——**执着的追求为他的诗词创作提供了不竭的动力**。花甲之年开始涉猎诗词创作,几年时间便结集出版,惊叹之余深切感受到他有一种远大而高雅的追求。茶余饭后在琢磨,漫步街头在思考,静坐书斋在推敲,诚如他的夫人张女士所言,如同着了魔一般。试想,如果不是这份追求,不是这份痴迷,不是这份胆识和胸襟,又怎么能够成就这份沉甸甸的收获,又怎么能够成就他的人生梦想呢?

在世林先生诗词结集出版之际,写下以上文字,仍然觉得言不尽意,故而吟诗一首,以作结语。诗曰:

潜心创作足称奇,初涉吟坛易入迷。

数度春秋圆美梦，几番风雨筑东篱。

耕耘岁月莫言晚，跨越人生何论迟。

纵使开头难下笔，痴情执着便成诗。

丁酉岁中秋节于临松阁

（王洪德，甘肃山丹人，中华诗词学会会员，甘肃省诗词学会会员，甘肃省作家协会会员，甘肃省摄影家协会会员，甘州区诗词学会会长，《甘州诗词》总编。）

目 录

绝句篇

律 诗 篇

词　篇

附录一：诗友酬赠

绝句篇

秋来清韵似玉夏

腥径摘梅道晓寒废

乾凌露尽南寮解毡

宝馀亦心吟　骆宾王咏蝉　鹏之书

腊梅迎春

千山雪漫飘，梅笑艳阳高。
鹊叫流莺闹，迎来大地娇。

丙申正月十五夜

元宵迈步来，火树银花开。
老小合家喜，月光落满怀。

清明节

清明日上坟，祭祖慰双亲。
百善先行孝，知恩尚做人。

谷雨吟

风吹谷雨来，柳舞杏花开。
四野禾苗壮，农家乐满怀。

盛夏感吟

天空少见云，闷热戏人群。
顾盼高温降，祈求雨早临。

为王竟成录取上海体育学院新闻系感怀

亲朋争祝贺，金榜喜题名。
今日坚基奠，他年步锦程。

观　察

同住小区里，出门见面频。
闲来屈指算，多是种田人。

游子梦

少小远家乡，情怀外地长。
钻研儒释道，演示四方香。

夫 妻

盟约少誓言，意会几十年。
早晚相濡伴，春秋冷暖牵。

友人邀请观张掖丹霞

仙人施妙手，绘就雅丹图。
盛世朝晖映，引来游客呼。

观猫捕雀

池边一壮猫，隐蔽等佳肴。
雀落忙吃水，一扑准逮着。

咏蜡烛

光辉照世间，入夜不知寒。
替主常流泪，伴君著锦篇。

鸡年祝福

新年起步开佳景，户纳千祥紫气腾。
彩凤朝阳添画卷，金鸡报晓庆升平。

早　春

大地春来柳泛青，风吹细浪闪金星。
姑娘小伙田边走，布谷连声叫早耕。

吟　春

柳岸冰消百草萌，春回大地送温馨。
桃花抿嘴迎人笑，燕子堂前话古今。

恋　春

碧草轻风岸柳斜，生机无限漫天涯。
花香已自迷人醉，一味流连忘品茶。

春　行

小路蜿蜒绕岭行，踏青览胜景无穷。
山歌野调心中话，信步漫游伴绿风。

春　梦

柳绿花红春入梦，天蓝草碧舞东风。
倾心点赞山川美，满目缤纷尽彩虹。

春　雨

雷声滚滚雨蒙蒙，久盼甘霖映彩虹。
不误农时忙抢种，农家面露好心情。

春之歌

漫步乡村惬意浓，风和日丽赏桃红。
一年最是春光好，更喜人间万木荣。

春之恋

花香草嫩暮春回，日丽林荫百鸟飞。
带雨梨花蜂示爱，游人览胜忘家归。

春

万物复苏诗意稠，和风滋润绿神州。
梨花面带含羞色，农户苦辛为创收。

春　风

阵阵和风扑面来，吻醒万物笑颜开。
渠边翠柳长丝舞，抚落桃花满地堆。

春　韵

丽日春光妩媚时，青杨绿柳舞新枝。
牛耕大地随春韵，来往曲直都是诗。

咏 春

大地冰消百草萌，清风细雨顺民心。
桃花脸上红腮露，紫燕归来又一春。

盼 春

农家小院炊烟绕，陌上微风细雨飘。
大地惊蛰天渐暖，春宵梦里百花娇。

踏青见闻

春来四月会田畴，沃土争翻热汗流。
细雨知时天意顺，农家又遇好年头。

春到农家

风吹湖岸少林鸦，细雨池边燕子斜。
柳影婆娑长袖舞，窗前久驻赏桃花。

群芳闹春

斗雪梅花正艳开，桃红李粉又随来。
田园荟萃清香漫，尽染风光细剪裁。

端阳节

汨罗水上赛舟忙，闻说楚人祭栋梁。
面对此情生感慨，吟诗一首寄情长。

端　午

龙舟竞赛祭屈原，恐后争先鼓乐喧。
天问声声忧国事，炎黄万古颂前贤。

立　夏

青山碧水送春归，柳絮轻摇向曙晖。
信步芳堤寻盛景，桥头坐赏彩云飞。

夏

炎炎烈日当空照，河水哗哗润渴苗。
避暑山庄游客满，柳荫树下扇儿摇。

夏　景

夏日乡村四野青，渠边翠柳舞轻风。
蝶飞鸟语连台戏，人在诗情画意中。

高温感吟

高温连日地生烟，户外行人似烤煎。
不见天公思布雨，问君何日润桑田？

连日高温降暴雨

甘州连日遇高温，突炸惊雷暴雨倾。
喜盼清凉终晚到，禾苗久渴见甘霖。

避　暑

一路轻装故地行，亲朋见面笑声迎。
远离市井高温避，觅得舒心适意情。

盼　雨

炎炎烈日遭干旱，禾萎草枯地冒烟。
眼望田园心盼雨，老农默默问苍天。

夏　日

盛夏无风鸟倦飞，蝉声闹耳送斜晖。
乡间小路游人少，老汉锄禾月下归。

重阳感怀

金秋气爽又重阳，老树繁花自吐香。
莫管如今年已暮，只求每日乐而康。

中秋吟

人逢喜事笑声添，月到中秋分外圆。
大雁南飞歌秀色，菊花点缀艳阳天。

吟　月

暗淡当空映皎容，阴晴驻守桂花宫。
多情缠恋人间事，早晚飞船一路通。

今又重阳

天高气爽风拂柳，满地黄花眼底收。
问暖嘘寒同祝寿，尊贤敬老乐悠悠。

金　秋

天高气爽草梢黄，四野黄花分外香。
麦海稻田金浪滚，农家日夜抢收忙。

秋

牛羊满圈果蔬香，菽麦点头笑艳阳。
兄弟地头迎面笑，心情喜悦漫山乡。

秋　色

田埂鲜花分外娇，牛羊贪草满身膘。
高粱敞腹羞红面，稻穗点头笑累腰。

秋　语

萧瑟西风落叶黄，南归大雁叫声忙。
乡村到处丰收景，瓜果田园四溢香。

晚　秋

冷月当空柳色寒，秋霜降地雁飞南。
临窗细雨悄声过，落叶随风舞满园。

中秋夜

佳节中秋笑语频，临风把酒聚情真。
万家灯火团圆夜，共赏神州月一轮。

收　秋

风雨几经落叶黄，催熟瓜果麦飘香。
今年又是丰收景，农户收割上市忙。

秋　韵

放眼田园麦浪翻，金黄一片漫无边。
铁牛唱响丰收曲，乐得农夫眉笑弯。

秋月（五首）

一

树影婆娑舞步轻，重楼天外彩云生。
窗前厦角悬圆月，屋后庭园一片明。

二

天凉叶落晚风轻，坐赏冰轮赞语增。
玉露琼浆随细品，花前树下世间情。

三

玉兔腾云月正明，飘香桂树漫金风。
华灯景色常牵梦，万里家乡总是情。

四

菊花飒爽玉盘盈，万盏红灯疏影横。
遥望苍穹仙境美，闲聊皓月到天明。

五

风吹两岸柳丝轻，邀友举杯不夜城。
歌舞升平何处觅，中秋赏月最怡情。

霜　降

几番秋雨气温凉，柳影萧疏草木黄。
大雁哀啼声远去，行人路上怨风狂。

立　冬

深秋过去立冬来，早有霜花伴雪开。
面对寒流融日月，临风把酒满情怀。

冬　吟

寒流入序少花开，万物潜藏若聚财。
晨霜暮霭萧瑟色，疏影含情待春来。

冬

大地山川披素装，千家万户掩门窗。
百花无力畏霜去，唯见青松挺脊梁。

初冬来临

寒风暮雨岁临冬，室外平台已冷清。

树下象棋兵马撤，掀牛老汉影无踪。

注：掀牛是西北人用 48 张纸牌（也叫牛九牌）三五人轮流参与的游戏活动。

贺甘州诗词学会成立五周年

甘州诗会五周年，韵苑吟声一路先。

国粹弘扬为己任，雄风再展谱新篇。

贺吴元法先生《诗海之窥》问世

儒将笔下韵花扬，袅袅清音频绕梁。

脉脉痴情桑梓里，诗坛走马著华章。

新农村

小麦青青瓜菜香，千村万户喜洋洋。

生活富有年年旺，舜日尧天话小康。

农　家

五月乡村野草花，青山绿水有人家。
鸡鸣犬吠同台乐，老汉田园务果瓜。

山水人家

门对青山水一湾，田肥草绿树荫连。
闲时小菜三杯酒，自信今生便是仙。

家乡游乐园

三角地上巧夺工，如画乡村紫气升。
娱乐休闲心惬意，游人来往赞新风。

家乡建体育广场有感

乡村建起健身场，男女晨昏锻炼忙。
莫道农民生命贱，只因未遇好时光。

乡村即景

青山叠翠画图新，淡雨疏烟少染尘。
科技大棚生意火，家家门上小车频。

海潮坝放歌（三首）

一

一条大坝两山牵，峡谷平湖景色添。
碧水清波收野性，田园树木绿光连。

二

祁连峻岭海潮峰，松柏森森草色青。
野兽珍禽成对戏，春光画境动人情。

三

重峦叠嶂傲苍穹，雪域青松染碧空。
流水潺潺环日月，山花烂漫醉春风。

东湖湿地

俯仰东湖烟雨楼，清风碧水泛轻舟。
敞怀浑忘闲杂事，曲径长廊信步游。

草原情

无边碧草少尘埃，游牧姑娘策马来。
小曲山歌随口唱，怡然自得乐悠哉。

走西口

脚踏阳关口外奔，打工创业历艰辛。
如今异地安家眷，美酒迎君又送君。

今日湿地

白鹭悠闲燕子飞，芦花漫舞鲫鱼肥。
楼台错落烟霞里，景色迷人竟忘归。

裕固草原 （两首）

一

茫茫草地彩云浮，秋日牛羊赛玉珠。

马上牧民歌不尽，风光景色染新图。

二

登上高坡览草原，波涛万顷绿云天。

羊群滚动珍珠撒，红顶帐篷景色添。

扁都口 （孤雁入群格）

巍巍雪岭接云天，芳草青青泻玉泉。

遍野黄花流翠韵，诗情洒满古雄关。

扁都风光

雪岭巍巍接上苍，青青芳草见牛羊。

黄花遍地风摇醉，十里八村处处香。

沙枣花开祭屈原

绿染荒滩筑起墙，花逢端午吐金黄。
轻风吹柳随絮去，我为屈原送馥香。

瞻仰高台烈士陵园（三首）

一

红军将士河西征，血战高台铁骨铮。
不朽英名传万世，一腔浩气贯长空。

二

烈士头悬血染城，高台决战树英名。
丰碑不朽昭天地，感动今人热血腾。

三

英灵永驻梓桑丛，壮志已酬大地红。
瞻仰陵园难入静，常存怀念梦追情。

谒开封包公祠

铁面包公誉古贤，清廉执法肃贪官。
一身正气鬼神怕，万代千秋载史传。

张掖鼓楼

巍然屹立势腾升，斗拱飞檐荡古钟。
沐雨经风迎盛世，雄姿镇定四方名。

张掖木塔

千秋木塔势连天，八面九层斗拱檐。
串串铜铃风吻醒，文人墨客溢诗篇。

甘州东湖

东湖碧水映蓝天，来往游人露笑颜。
过去荒芜成历史，如今满眼是花园。

秋游润泉湖

金秋结伴绕湖行，绿树荷花入眼明。
丽日风和凝翠色，轻舟摇影最怡情。

祁连山感怀

雪域峰高峡谷深，田园绿气映白云。
风光悦目豪情壮，我是祁连山下人！

黄河颂

昆仑山下巨龙盘，九曲连环岂等闲。
浴日披星滋两岸，扬帆一路向东南。

兰新高铁

巨龙呼啸绕高原，电掣风驰不等闲。
早饭兰州牛肉面，晚间乌市品瓜甜。

黄　山

峰峦叠嶂奇石立，雾罩云遮滚玉矶。
满目风光难尽赏，天工画卷惹人迷。

莫高窟

心中一座千佛洞，坐落巍峨紫气腾。
历史遗留珍宝库，丝绸路上闪明灯。

乐山大佛

天工巧手塑成佛，面向岷江大渡河。
沐雨经风千百载，游人合掌念弥陀。

兵马俑

当年塑下多兵俑，气势磅礴举世称。
不啻埃及金字塔，中西艺术彩相鸣。

天　坛

方圆南北两垣墙，内外祈坛一线昂。
历代帝王行祭祀，游人肃立盼安康。

途经西安

自古长安显悍强，通商丝路盛名扬。
雄风霸气今犹在，盛世繁荣越汉唐。

登泰山

携女偕妻泰岳游，雄峰奇色望中收。
封禅祭祀官方事，墨客文人赞不休。

马蹄寺吟

天马行空足踏迹，流传今日世称奇。
求佛护法平安业，了却闲情恼可医。

夏游马蹄寺

腾飞赏景踏蹄印，碧水山巅绕梵音。

盛夏清心观圣地，歌声美酒醉游人。

青龙寺

一进山门逸兴开，万般烦恼落尘埃。

修身种德人常乐，扑面清风徐徐来。

青海湖感怀 （两首）

一

恬静安详青海湖，银光闪烁赛明珠。

清风碧浪轻舟荡，游客往来入画图。

二

青海湖边漫步游，风光旖旎醉心头。

山歌小曲耳旁绕，油菜花黄满目收。

游 湖

碧水清波倒影悠，野鸥敞腹竞风流。
远来阿妹抛媚眼，牵手情哥荡小舟。

苦苦菜

困境时期水煮汤，救人救命度灾荒。
近年做得新花样，顿顿餐餐食也香。

白 菜

白白叶叶层层卷，绿绿青青嫩嫩尝。
户户棚棚忙碌碌，餐餐顿顿菜香香。

大 葱

烹调饭菜首当选，辅佐佳肴馥郁连。
味辣性辛存正气，一生清白献人间。

大　蒜

细皮嫩肉味辛辣，治病防疫杀菌佳。
碎骨粉身全不怕，捐躯大众众人夸。

黄　瓜

黄花落去挂枝丫，半月时光体重加。
下架装箱超市去，争先恐后要出家。

黄花子

长在荒郊野地边，供医入药广流传。
新鲜叶子当凉菜，解热清毒见效先。

芫　荽

叶茎食用可调汤，味异香殊供品尝。
籽粒出油能入药，生于世上露芬芳。

萝　卜

两年生长绽白花，结籽莱菔不叫妈。
熟食气通生养胃，农家都爱种植它。

玉　米

脱去衣裳露本相，珍珠粒粒满身镶。
迎宾待客家常饭，一揭蒸笼扑鼻香。

咏　荷

出水芙蓉不染尘，嫣红姹紫透纯真。
清香浸醉堤边客，淡雅引来舞墨人。

咏　莲

着绿披红舞羽裳，污泥不染亮身装。
轻波玉立双眸醉，淑气芬芳水面扬。

咏 梅

傲骨寒冬展笑颜，群芳不慕惹君怜。

独居墙角香腮露，乐为人间拜早年。

桃 花 （孤雁出群格）

春风荡漾溢情怀，满面绯红引客来。

显尽妖娆仙子貌，随君顾盼画屏开。

牡 丹

斗艳争奇赞誉扬，骄姿绽放漫围墙。

羞煞百卉无颜面，独领风骚吐馥香。

吟 菊

落叶随风渐入凉，敲窗冷雨雁飞南。

无边暮色秋光老，喜赏金菊绽笑颜。

赞　菊

百草凋零树叶黄，金花昂首傲秋霜。
芬芳不尽真君子，独往独来孕暗香。

金　菊

暖色黄花笑靥开，深秋旷野溢香来。
抬头远望云中雁，早有金光落满怀。

秋　菊

冷雨时逢万木萧，金花谁送面颜娇？
山川独占傲霜雪，尽领风骚骨气高。

赏　菊

秋来满地闪金黄，野径枝梢送暗香。
瘦影凌霜存傲骨，群花谢幕我登场。

落　叶

辗转随风满地筛，成泥落寞瘦身衰。
心连主干何须叹，笑靥开春我又来。

油菜花题照

坡岭田园遍地黄，轻风细浪送清香。
快门按下娇妍景，朋友圈中晒照忙。

赞　雪

轻纱曼舞降人间，大地银装景色添。
化作甘霖盈四野，润人润物润河山。

咏　雪

夜半迎来瑞雪飘，琼花乱舞竞妖娆。
银装素裹天然景，日照晶莹满目娇。

赏 雪

琼花半夜满天飘，装扮山河分外娇。
赏景登高忙摄影，霜随喜悦上眉梢。

柏

一年四季绿衫装，磨砺千年不算长。
细致珍才人喜爱，防虫耐腐散清香。

松

竖立根深不畏寒，抗风挺雪一身端。
刚直体魄铮铮骨，敢向人间比胆肝。

祁连松柏

横空丽景倚石崖，送夏迎冬盖绿纱。
叶透清香筛月影，冰霜昂首映云霞。

杨

扎根深土自生津，遍野堤边挺立身。
敢信明年天日暖，枝繁叶茂又逢春。

赏　柳

谁家妹子披长发，面对行人姿色佳。
引得轻风关注到，蹁跹舞动任君夸。

柳　絮

摆尾摇头上下飞，银裳素袖任风吹。
只身投入新天地，落户扎根另树碑。

柳

早吐新芽晚绿幽，枝条秀色化娇柔。
轻风阵阵舞长袖，万种情怀挂满头。

草　原

蝉叫莺飞五月天，祁连脚下草如烟。
姑娘跨马歌声亮，唱醉太阳忘下山。

今日草原

绿草青青曲径弯，牛羊游动染山川。
白云碧水风光美，马上牧人展笑颜。

赏春雨

细雨随风伴舞来，竖拉斜扯入春怀。
消尘润物深情洒，抚落杏花满地白。

葵　花

扎根沃土闪金黄，信守难移永向阳。
待到秋收精选籽，投身炒货显清香。

赏　雨

好雨随风不用求，时来解旱润田畴。
雪中送炭沙尘远，夏日欣逢贵似油。

小　溪

潺潺流水绕山村，堤上柳垂倒映身。
鸟语蝶飞花斗艳，风光秀丽醉行人。

小　路

乡村小路漫游行，泥土芬芳嫩草青。
油菜花中蜂采蜜，渠边树木露葱茏。

植树感吟

全民植树锁风沙，大地无霾盖绿纱。
生态城乡谁不爱，子孙后代乐天涯。

文房四宝 （四首）

纸

得意漂浮出水帘，只将贞志傲冰霜。
生来丽质尤柔性，涉世立身载锦章。

墨

书林吐馥绘娇妍，心有灵犀一点香。
多少大家心喜爱，千秋万代自留芳。

笔

一表身材聚万毫，低头噬纸似游刀。
精疲渴饮黑泉水，铁画银钩自巧操。

砚

抱朴守真不改容，雕琢取势露玲珑。
高怀霁月欣然赏，雅趣情操笔下耕。

象 棋

楚汉双方欲望升，摩拳擦掌论输赢。
一番格斗纷争过，将帅布兵又复征。

秦 腔

民歌演绎出新声，亢奋激情信口冲。
喜怒乐哀充嗓子，街头巷尾唤清风。

足 球

调皮捣蛋爱淘气，不教手摸让脚踢。
自己有家偏不进，强行闯入对门区。

手 机

低头阅览闪荧光，吐露心声为主忙。
释惑求知游客醉，呼朋唤友话家常。

观四大名著电视剧（四首）

《三国演义》

桃园结义弟兄三，抗魏联吴踞西川。
百万曹兵将犯蜀，又怕诸葛羽毛扇。

《红楼梦》

贾史薛王四大门，荣宁二府系皇姻。
朝廷衰败红楼荡，宝玉出家日暮沉。

《水浒传》

英雄被迫上梁山，杀富济贫不怕官。
蒙受招安遭佞陷，一失铸就百千冤。

《西游记》

师徒万里几多春，九九磨难缠绕身。
不恋贪嗔痴魔鬼，精心修炼自成神。

楷书四大家 （四首）

欧阳询

精研笔画著称深，兼备方圆露匠心。
草里惊蛇尤楷体，金刚瞋目一真君。

颜真卿

落笔丰腴法度严，阔宽茂密讲庄端。
字如人品堪称美，遒劲刚强奉冕冠。

柳公权

笔正由心体势佳，秀长瘦硬世人夸。
临习柳体书中意，稳重雄强自不乏。

赵孟頫

下笔行龙骤雨犁，疏而不散惹人迷。
三门记帖书坛赞，楷体之中实不虚。

唐宋散文八大家（八首）

韩　愈

继往开来作散文，风骚各领创维新。
名言隽语凌云笔，八大家中第一人。

柳宗元

古文运动柳河东，游记寓言示范精。
转化学风更面貌，新开路径任人行。

欧阳修

文坛巨匠誉舵手，壮志豪情贯斗牛。
散体高论多韵味，曲折婉转著春秋。

苏　洵

一代文豪举世惊，言辞锋利论据明。
苏家父子文风盛，溢彩流光百代崇。

苏 轼

宋代文坛震古钟，通才气势响隆隆。
大江东去吟豪放，万古高歌赞大名。

苏 辙

生活阅历内涵高，大作深醇势气飘。
北宋卓然独特色，汪洋浩荡艺坛娇。

曾 巩

平铺记叙怀精策，横竖分明巧会合。
俯仰文学摇曳态，赢来读者倾心歌。

王安石

政论诗文融汇精，奇拔峭险辨言清。
实行变法刚直显，力重千金后世崇。

唐宋四诗家（四首）

李 白

浪漫豪情落笔宽，雄伟气势鬼神颠。
群山踏遍身先醉，诗步屈原誉圣仙。

杜 甫

少陵神笔圣人称，笔墨晶莹叠顶峰。
身在草堂忧下士，一腔热血为国倾。

白居易

挥毫破旧创新歌，尽显文才泛浪波。
卖炭翁诗怜苦力，千年享誉赞声多。

陆 游

马上诗人勇士身，千篇万作爱心吟。
家国破碎一生恨，壮志寄存梦里人。

宋四家书法艺术（四首）

苏东坡

豪情外显内蕴才，铁笔银钩画里来。
一代书文称大匠，千年学士筑高台。

黄庭坚

楷行潇洒变而杂，气韵贯通逸彩霞。
革古创新藏妙笔，剔除媚俗自成家。

米　芾

纵横变幻称米颠，诗文字画赞声连。
淋漓痛快如天马，八面出锋势不凡。

蔡　襄

追求古趣见飞白，散笔牵花可具才。
浑厚端庄呈秀美，冠名历代赞声来。

学习诗词创作技法有感 （四首）

起

举步挺身蓄势先，龙腾虎跃树标杆。
莫言椽子出头烂，蹈火赴汤俺领班。

承

承前启下一家亲，左右情深牵手行。
不管天涯和海角，只为佳境梦能成。

转

转轨原为隐实形，旧亲不恋又寻情。
拐弯抹角开新路，举荐贤能任我行。

合

归家游子喜相逢，和睦同居是本根。
四海不求清一色，万金难抵一条心。

东晋二王书法家 （两首）

王羲之

笔势惊天展大鹏，精研结构若藏龙。

兰亭醉序称极品，历代书家首举崇。

王献之

变古求新自有纲，流星笔下气超强。

传承父志精书艺，笔墨奇珍并二王。

环卫工人

冬清积雪夏除尘，扫帚钢锹常伴身。

铲去世间脏乱差，文明城市为人民。

赞人民教师

授业传薪站讲堂，经风沐雨鬓生霜。

丹心一片耕苗圃，三尺平台育栋梁。

裕固牧民

夕阳西下晚霞临，放牧牛羊入栅门。
牧户人家歌喜事，笑声飘落遍山村。

牧羊姑娘

满地春苗泻绿香，露珠滚滚串成行。
白云一片银光闪，阵阵歌声绕遍梁。

空巢老人

月上中天寂寞身，沧桑面孔皱纹深。
抬头注视当年照，只怨春光不等人。

山里人家

空山鸟语少尘埃，树影花香邀友来。
火上奶茶腾紫气，举杯品酒任悠哉。

陇上人家

红砖青瓦盖新房，豇豆南瓜藤满墙。
辛苦耕耘忙四季，一杯小酒梦甜香。

现代农民

生在乡村不务农，经商下海搞流通。
辛勤创业居城市，男驾名车女美容。

写给董恒汕先生

沐雨经风乐炼身，书山墨海透潜心。
挥毫作字飘神气，笔下雄鹰几乱真。

和跃农先生《大佛寺门前逢中峰、陶琦先生》

古刹门前叙短长，风拂嫩柳透新黄。
春光无意留人影，岁月有情自酿香。

附：

王跃农先生《大佛寺门前逢中峰、陶琦先生》

柳巷深深柳线长，微风过处绽新黄。
幸逢诗友邀留影，欲挽春光一段香。

梦

茫茫人海苦追寻，眷恋依依话古今。
往事痴情难了断，醒来不见梦中人。

诗　路

仄浪平风步履艰，修辞缀句似翻山。
披霞捡贝蒙师点，冲破迷途沐艳天。

作　诗

临窗面月意情痴，宋韵唐风夜半思。
播雨耕云挥汗水，酸甜苦辣酿成诗。

赏　诗

宋韵唐风映彩霞，心装口诵走天涯。
追寻雅趣春常驻，一路情怀气自华。

学书有感

学书习字贵真情，悟道参禅法古人。
明月入怀生腕力，笔锋到处见精神。

退休吟

退出公门未肯闲，怡然自乐种诗田。
邯郸学步休言晚，仄仄平平都是缘。

诗家寄语

创作诗词有讲究，严格韵律不能丢。
观今借古细玩味，自我提高少打油。

欢 聚

火上奶茶泛玉波，窗前柳影舞婆娑。
青稞美酒悠哉品，自比神仙快乐多。

信 念

早求菩萨晚烧香，问道参禅礼拜忙。
百善当头先讲孝，敬佛莫忘敬爹娘。

悟

烦恼皆由欲望生，知足常乐自轻松。
不平哪里都因我，看破迷津万事兴。

师生聚会

相聚一堂火热亲，当年趣事又刷新。
笑声依旧弦难改，最是情深谊更深。

作诗感吟

老了填词又品章，搜肠刮肚送时光。
凌晨早过东方亮，还为平平仄仄忙。

闲　观

遮阳伞下摆车摊，修链补胎忙不闲。
笑对东来西去客，热情换得梦长圆。

快递（两首）

一

商家有货不愁尘，网购连通惠万民。
前日才从手机订，今天包裹已登门。

二

网上成交一瞬间，家什购罢又订衫。
城乡又有新行业，乐得老头眉笑弯。

抒　志

岁月催人两鬓霜，酸甜苦辣味全尝。
韶华过去豪情在，老马扬蹄壮志昂。

健　身

春随紫燕起微明，夏沐清风举步轻。
秋赏浮云芳草露，冬迎雪舞踏寒冰。

麦　收

七月麦田满地黄，农家等待籽归仓。
秋收不用镰刀割，早有农机日夜忙。

精准扶贫

脱贫政策暖民心，上下攻坚力度深。
细雨春风寒气散，情牵不落一家人。

老来乐

老来又爱喜吟哦，梦里寻诗乐趣多。
盛世情怀歌不尽，丹心一片唱山河。

留守儿童

忙罢农活要外出，一双儿女扯衣哭。
夕阳西下门前等，梦里常将父母呼。

村　舞

门前院落乐声喧，翠袖红裙舞步欢。
老汉心思随曲荡，领孙带伴举家翩。

乡村漫步

空气清新一品鲜，山清水秀少尘烟。
多情最是田园景，漫步游来胜似仙。

岁月留吟

山里村居

翠柏青松隐物华，环山碧水绕农家。
流金岁月今追梦，坐赏流云品雪花。

乡村人家

门前杨柳舞婆娑，秀水青山鸟唱歌。
好友相逢尝小酒，笑声溢满一条河。

山村人家

曲径花香漫步长，轻风细雨秀山庄。
三合院落环杨柳，小调常随小酒扬。

怀　念

默立门前忆旧踪，沿阶碧草自由生。
几只麻雀逢人叫，住户全家已进城。

赞农民衣食住行（四首）

一

谁说农民无气派，手中钱少有胸怀。

尔今腰里钱包鼓，革履西装尽品牌。

二

早品奶茶晚喝粥，三餐荤素搭配优。

闲来不少杯中酒，莫道农家不讲究。

三

身居土屋寒风透，政策暖心有盼头。

三载打工钱攒够，腰杆挺起住高楼。

四

招手打的任自由，路途远近不发愁。

"四轮"机子田间跑，开着小车景点游。

咏十二生肖 （十二首）

鼠

嘴尖眼小尾巴长，腿短腹肥盗窃忙。

稍有风声圆耳竖，心惊胆战把身藏。

牛

田中缓走少闲暇，俯首拉车引铁铧。

遭受皮鞭急跨步，夕阳西下卧嚼霞。

虎

西山东谷任攀行，百兽归依王者风。

狂笑掀天惊远客，一声咆哮血腥生。

兔

玉兔一生住月宫，有形捣药影无踪。

下凡贪恋春光美，愿在人间地上行。

龙

矫首入渊大浪冲，迷离扑朔驾云腾。
喷出烈焰如雷电，普降甘霖紫气升。

蛇

伏地爬行隐匿身，毒牙胜过马蜂针。
蜕皮未改贪婪性，吞象不足还咬人。

马

仰天嘶叫顺人性，风入四蹄驰骋轻。
昂首逐烟伯乐赞，西行万里负真经。

羊

悠悠荡荡漫山村，塞上田畴滚彩云。
不忘母情知跪乳，吉祥常伴世人身。

猴

顽皮灵动爱攀高，俯井要将月亮捞。
大闹天宫惊玉帝，炼丹炉内抖金毛。

鸡

披衣戴冠飘七彩，昂首挺胸迈步来。
战甲穿身金灿灿，高歌一曲满天白。

狗

察言观色尾巴摇，护牧看家胆气豪。
耿耿忠心听使命，救灾探险付辛劳。

猪

肥头大耳性憨实，恐后争先只为吃。
奉送吉祥人享乐，带来财富万家知。

寻 趣

夜半沉思为韵牵，临风一曲鹧鸪天。
从头尽赏开心事，浅唱低吟伴月眠。

清 晨

夜来微雨洗轻尘，柳叶清风爽入神。
草上露珠晶灿灿，晨霞丽景更迷人。

晨 练

清晨健体任逍遥，拂面微风柳叶飘。
踏破霞光楼角挂，青春不老激情豪。

群芳争春

细雨清风阳气升，忽如绿色染全城。
情投大地花争艳，羞得村姑满脸红。

退耕还林

保护荒滩育草林，退耕植树浮氤氲。
以粮代赈为生态，绿水青山留后人。

随　想

落花无意觅芳踪，看透浮华万事空。
常忆当年桃李艳，青葱岁月逝如风。

品　茶

烟波碧浪溢馨香，雅淡优柔品味长。
潇洒人生非用酒，紫砂壶里趣闻藏。

观摩感赋

一路鲜花引进村，观光吸引往来心。
盈门瑞气同声赞，美丽乡村满目春。

冬　感

冬来秋去朔风凉，百草垂头布满霜。
四季轮回常理事，无人留住旧时光！

冬夜思

寒风簌簌冬无雪，大气污浊抱怨多。
绿水青山圆宿梦，晴空朗月数星河！

冬日随感

层林尽染沐残阳，衰草消闲入梦乡。
历雪经风陪冷月，春来又绿我诗囊。

自　语

岁月留吟久绕梁，人生感悟少寻常。
夕阳晚映初心在，掩卷情怀墨味香。

空　调

盛夏严冬都在墙，驱寒送暖不停忙。
胸怀义务成人美，四季如春感暖阳。

高考感吟

十年历练盼高考，学子争挤独木桥。
蹚过激流夺桂冠，人生路上竖航标。

回乡随感

夏日探亲故土来，楼房街道整齐排。
亲朋握手开言笑，喜诉家乡正剪裁。

随　感

想起当年少用功，拼音韵母未识清。
如今写作欠平仄，早晚回头把电充。

盼 归

在外打工方领薪，回家电话便登门。
一双儿女逢人笑，妻子含羞点绛唇。

麦 收

七月麦田满地黄，农家等待籽归仓。
秋收不用镰刀割，机械随时为你忙。

故乡行吟

游子归来故土香，村容已变旧时妆。
人生感叹春秋梦，耳际乡音韵味长。

无 题

十里乡村有朵花，出门创业远离家。
公园漫步擦肩过，正是当年那个她。

反腐亮剑

从严治党不言空，打虎拍蝇亮剑锋。
除去毒瘤圆美梦，天蓝云淡沐清风。

酒店独白

豪华装饰梦之蓝，火爆皆因权与钱。
暗访明查公款嘴，官方车马逊从前。

贪官醒悟 （两首）

一

品罢珍馐泡舞厅，条规视作耳边风。
黄粱美梦昏头做，法律难容不倒翁。

二

摘去乌纱不自由，唉声叹气似魂丢。
早知今日蹲牢狱，何必为贪昼夜谋。

刺贪官（四首）

一

台上调高台下钱，豪夺巧取夜无眠。
腰包日见天天鼓，利剑高悬下马还。

二

官商连手为钱忙，哪顾民生雪上霜。
枉法贪婪末日到，银铛入狱望天长。

三

权钱交易像商场，交易色情不化妆。
打虎灭蝇收法网，天蓝气净沐阳光。

四

贪官欲望几时生，昼夜敛财不费工。
法网恢恢刀刃亮，看他还要几天能。

自　白

限酒戒烟不嗜牌，吟诗练字乐悠哉。
谁人能解其中味，不负今生世上来。

流　年

自信人生若许年，功名利禄尽云烟。
初心不改陶然乐，寡欲清风天地宽。

自　慰

公务退出未等闲，诗书为伴苑情连。
填词润句寻芳韵，尽展银毫赋锦篇。

自　题

三年苦练写歪诗，往事云烟笔下驰。
只为老来添趣乐，何愁吟友笑无知。

独　白

当年梦里寻学校，半世无缘四处飘。
笑我今添新差事，手牵孙子背书包。

自　信

泛舟觅句路艰辛，越岭翻山乐趣寻。
明月清风常伴我，时光莫负守初心。

打　工

忙罢农活身不闲，走南闯北去挣钱。
农家也有凌云志，筑起高楼上九天。

遣　怀

两鬓银霜未始闲，吟诗作字种心田。
情怀苦辣酸甜事，对酒邀朋赏月圆。

品　花

春风送暖漫天涯，草木田园竞绽花。
百态千姿相比美，农家那朵帅哥夸。

村民坦言

花钱贿选任村官，雁过拔毛顺手牵。
反腐清风迟到位，村民奔上小康难。

随夫打工

新婚过后走天涯，朝伴星辰晚伴霞。
雨露风霜全不怕，工棚也是幸福家。

早春农夫

云头好雨晓春情，远处耳闻布谷声。
早起墒开千树绿，呼牛上地趁时耕。

今日牧民

漫野山坡青草苔，牛羊滚动似云白。
响鞭飞马桃源境，红顶毡房喜满怀。

驻足农家乐

门前果树影楼台，瓜菜香甜亲手栽。
屋后鸡鸭拍翅叫，喜迎宾客踏青来。

律诗篇

盼喜歸吾极先生诗集出版之庆
筆生雷雷昭於除夕

夏日避暑随感

春随花落去，夏日应时长。
草木荣山色，林泉水绕梁。
天高云淡淡，旷野月茫茫。
赏景添诗兴，吟声满画廊。

甘州高温随感

甘州六月天，流火又生烟。
少见空中雨，难禁汗满衫。
田禾全晒萎，树叶半枯干。
只盼秋来到，风驱酷夏炎。

赏　秋

秋来天气爽，景色最迷人。
桂绽清香溢，菊开姿色新。
窗前人赏月，天际雁追云。
霜叶随风舞，举杯情似春。

落叶送秋

一夜季分明，寒冷次第生。
羽轻鸿雁远，菊瘦暗香清。
遍地金黄涌，满怀喜悦呈。
吟诗寻乐趣，挥笔寄深情。

今日农民

昔日庄稼汉，身随土地忙。
机牛马满院，种养加登堂。
流转农田后，离家进市场。
打工筹钱够，信步住楼房。

咏扁都口石佛

石壁显佛身，形端貌有情。
头戴二指冠，足踩五彩坪。
流水弹清韵，轻风乐性灵。
无求心自静，黄卷伴钟声。

做客甘州生态园

亲朋欢聚笑声哗，赏景猜拳品果瓜。
紫燕呢喃夸绿水，粉蝶起舞恋红花。
小诗一首清风醉，老酒三杯明月华。
胜境相邀来做客，神清气爽似归家。

缅怀伟人毛泽东

日出韶山大地冲，英才盖世数毛公。
胸中装有千秋史，掌上运筹百万兵。
遵义纠偏树地位，延安讲话指航程。
开国创业人民敬，伟绩丰功神鬼惊。

缅怀朱德元帅

热血丹心步入戎，一身正气为工农。
南昌起义旌高耸，辛亥风云马不停。
井冈会师圆好梦，平津辽沈显英雄。
三军统帅标青史，伟绩丰功令众崇。

弄潮主帅邓小平

少年抱负西欧走，获取真经为自由。
血雨腥风歼匪寇，披肝沥胆筑金瓯。
两番巡视掀风浪，三次沉浮志不休。
开放改革扬特色，是非功过问春秋。

纪念抗战胜利七十周年

历史沉思欲断肠，东洋鬼子实猖狂。
长城怒斥三光罪，黄水难洗八载殇。
砥柱中流收失地，汪洋大海葬豺狼。
莫忘国耻祭英烈，昂首梦圆图自强。

九三大阅兵

英姿飒爽列军容，吐气扬眉大阅兵。
礼炮轰鸣迎远客，军歌嘹亮绕长城。
战机翻滚喷云浪，导弹列装气势宏。
列甲洪流惊世界，恢宏广阔展雄风。

纪念中国共产党成立九十五周年

南湖一盏灯光闪，唤起工农烈火燃。
万里长征谋正道，千秋大业掌航船。
承先启后兴宏业，图治励精改旧颜。
吐气扬眉开盛世，神州处处艳阳天。

纪念长征胜利八十周年

红军北上壮空前，谱就辉煌历史篇。
草地雪山遭患难，江河对岸堵截连。
轻骑辗转突围困，猛虎归山露笑颜。
纪念先驱温旧路，长征火炬百年燃。

国庆六十五周年

喜迎国庆心潮涌，共话繁荣颂党恩。
时雨浇花花茂盛，春风润物物生津。
民生改善年年好，国力增强日日新。
长治久安兴大业，举杯共庆小康春。

八一建军节感怀

南昌打响第一枪，从此工农有武装。
抗战八年驱日寇，拼搏三载扫腐邦。
投身伟业圆国梦，立志和平展自强。
不忘初衷刀剑亮，长城永筑虎威扬。

"一带一路"赞

古道今开策略清，亚欧联袂树新风。
巨龙破浪飞天宇，高铁爬山驰远城。
丝路千秋一线暖，云端万里五洲通。
双赢平等互发展，大展宏图业绩丰。

广场舞感吟

早晚相约进广场，倩男靓女炼身忙。
前躬后仰穿梭过，慢四快三跨越昂。
左右盘旋才艺亮，婆娑起舞秀容扬。
张弛悠步心愉悦，气爽神清竞健康。

新农村

三农政策顺民心，村貌而今处处新。
砖瓦修房明亮净，柏油铺路不飞尘。
畦畦青菜园内种，朵朵鲜花门前珍。
喜岁开门谋发展，小康路上有精神。

大雁塔

方形锥体耸天宫，华盖飞团气势宏。
四角无檐拥日月，七层稳重斗虚空。
登临绝顶出突兀，远眺凭栏赏彩灯。
历尽千年朝圣地，浮屠气韵胜春风。

华山感怀

相邀结伴登华岳，抖擞精神跨五峰。
忘却平台高数尺，方惊函谷彩云升。
举头松雪千帆过，卧看飞流万丈绫。
自入瑶池吟不辍，莲花座上话真情。

登庐山 （两首）

一

庐山漫步赏风光，环绕攀登悦似仙。

竹影湖泊一线涧，云耕峡谷万重天。

三叠泉水碧汀堕，五老峰巅屹立岩。

阵阵轻风拂满面，潺潺流水镜中悬。

二

盘道崎岖玉带拴，石桥铺径紫幡填。

苍龙昂首飞山脊，倚壁虬螭穿峻峦。

气势壮丽人称美，刚柔并济脉常联。

千年孕育婀娜态，历史迎来姹紫园。

深圳行

咳嗽多痰深圳疗，外甥侄子热情邀。

海拔百米呼吸爽，温度三十脾气高。

口味不合强下咽，蚊虫施暴肿难消。

飞回本地终平稳，从此亲朋心莫焦。

游九寨沟（两首）

一

有幸金秋游九寨，清幽满目瀑布白。
水流荡漾梯形色，浪静风平玉树栽。
碧海龙潭峡谷绕，山峦古木百花开。
此中仙境陶人醉，墨客吟诗即兴来。

二

享誉盛名九寨沟，适逢客众画中游。
珍珠粒粒铺湖面，峻岭层层镜湖幽。
五景斑驳松柏翠，百花娇艳水泊幽。
云山四顾皆仙境，如梦如幻景色优。

游山丹焉支山感吟

遥看焉支雪满山，沉思汉塞战云翻。
长城脚下堆白骨，戈壁滩中起狼烟。
铁血边关流岁月，烽台栈道锁喉咽。
刀光剑影乘风去，斗转星移喜事连。

扁都口览胜 （两首）

一

扁都峡口两堤青，云淡天高翠裹峰。
十里山坡油菜绿，一条河道水流汹。
西畴绿树浮图展，东岭白杨雾气腾。
异兽珍禽林内审，蜂音鸟语耳边嗡。

二

远望田园落彩虹，近观峻岭紫光浓。
层层峭壁堪流碧，朵朵野花尽吐红。
游客欢歌迷胜景，牧童鞭响绕苍穹。
置身此处心神醉，乐在诗情画意中。

嘉峪关即兴

茫茫戈壁古雄关，万里城垣丝路连。
檐角悬星披紫幔，重楼斗拱挂金幡。
胡杨未老新芽壮，沙枣花开野果鲜。
昔日狼烟烽堠地，今朝旧貌换新颜。

游峨眉山（两首）

一

名山久仰到峨眉，飘逸神奇画面飞。
东瞰皑皑白雪突，西瞧莽莽紫峡巍。
葱茏草木风光美，叠嶂群峦耸峙岿。
势若锦屏凌稳插，缤纷仪态展雄威。

二

三彩一峰绝壁辉，千岩万壑佛光围。
灵猴嬉戏胸襟露，琴蛙奏弹烂漫随。
四季萌芽凝翠色，百花吐蕊胜丰碑。
高逐五岳盛名赞，秀甲九州天下垂。

龙门石窟

珍窟胜景数龙门，横跨虹桥两岸临。
造像千年颜面朽，佛龛百世迹尚存。
西崚绝壁书山粹，东麓白园碑海珍。
远道宾朋时敬仰，洛阳处处有缘人。

裕固草原

塞外风光万顷滩，天然牧草碧连天。
轻风细雨牛羊醉，丽日流光燕雀欢。
骏马奋蹄追日月，雄鹰展翅舞翩翩。
敖包琴奏歌声漫，赏景游来胜似仙。

张掖大佛寺

千年宝刹史名扬，静卧莲台丝路彰。
法雨昭苏牵信众，钟声迢递领慈航。
明心见性苍生悟，释义通经梵呗香。
寡欲清心存善念，菩提树下自吉祥。

张掖湿地

青山碧水映山光，湿地平湖沐浴阳。
阵阵微风芦苇舞，层层意韵柳丝长。
蝶蜂展翅花间闹，燕雀起飞草上翔。
大漠绿洲开胜景，游人漫步话新装。

平山湖大峡谷

峡谷奇观接碧空，神工鬼斧绣苍穹。
悬崖侧立千重画，曲径旁生万象龙。
石影有情观日月，山光无欲览云虹。
欣逢盛世抒游兴，尽觉心香眼不穷。

石岗墩

荒滩沉睡越千年，今日醒来展笑颜。
座座高楼拔地起，条条大道敞平宽。
渠边翠柳随风摆，园内沃田和露妍。
林茂粮丰花烂漫，新生一片艳阳天。

西安碑林

步入碑林品古今，哲人圣地绘石清。
名家荟萃流光彩，宝库丛生潇洒风。
北魏文学留特色，大唐艺术露峥嵘。
惊天笔墨传千载，华夏奇珍与日增。

长城八达岭

万里长城气势雄，顶天立地傲苍穹。
牛驮马运修工事，砖砌土夯筑巨龙。
跨壑越巅藏胜迹，经风沐雨露峥嵘。
神工面世让人叹，历史篇章记载名。

长　城

蜿蜒万里古长城，历史奇观造化功。
誉满全球骄屹立，驰名中外若从容。
黄河彼岸群山跨，渤海之滨绕岳空。
丽景千年逢盛世，游人墨客赞腾龙。

北京天安门

城楼壮丽气恢宏，历代君王几易争。
凤阙万间沧海日，疏钟千载往年风。
森森白玉增沉默，猎猎红旗舞九重。
换地改天逢盛世，宏图大展傲然雄。

北京故宫

辉煌灿烂紫禁城，旷世神工耀古今。
宝气珠光凝玉带，雕梁画栋苦苍生。
金銮玉殿烟霞灭，碧瓦红墙血汗成。
昔日君王歌舞地，今朝博院属人民。

春之韵

大地回春寒气消，桃白杏粉展容娇。
农夫挥汗忙春种，燕子衔泥筑爱巢。
郁郁青山开画卷，盈盈绿水伴诗飘。
清风拂面心花放，陌上人家笑语高。

春之行

三月东风唤我行，乡村览景喜登程。
花香惹引蜂先醉，杏色招摇客自倾。
沃野莺鸣虾戏水，草丛蝶舞妹追兄。
农家洒汗忙春种，万里河山万里荣。

赏　春

三月冰消冬去远，山花烂漫漾春光。
心中梅蕊添新韵，岸上柳枝着彩裳。
绿地凝神花竞放，蓝天注目鸟争翔。
相思陶醉芳园内，触景裁诗又几行。

游　春

冬去冰消紫气扬，怡人一路沁心房。
春风抚柳穿新袄，雨水催杨换绿裳。
大地凝神花竞放，蓝天注目鸟飞翔。
清芳碧浪桃源境，信步游来细品香。

踏　青

相邀信步北郊游，一览无边草木稠。
翠柳风吹长袖舞，红桃抿嘴粉腮羞。
鲜花酿蜜蝶蜂弄，碧草蕴香燕雀啾。
最是霞光人间景，含情尽赏忘回头。

春到四月

四月人间塞北天，生机到处孕诗篇。
低眉俯瞰田园景，举首遥观柳叶绵。
燕子双飞恩爱秀，村姑信步笑声传。
良辰美景情无限，悦目赏心话自然。

吟双节

归雁凌空结伴行，华灯月色满天盈。
笑迎双节群情激，喜看九州万木荣。
一曲国歌飞盛世，五星旗帜染秋红。
城乡互盼团圆夜，大美河山旭日升。

感　赋

两鬓银霜方始闲，遨游书海梦魂牵。
诗吟岁月留风韵，书写沧桑守砚田。
早与邻居同散步，暮随网友互聊天。
时逢盛世宏猷展，笑语欢声度晚年。

春节感赋

星移斗转过新年，灯火阑珊映满天。
歌舞翩跹春味漫，烟花璀璨爆竹喧。
金鸡报喜红梅绽，紫气盈梁旭日欢。
微信手机连线热，谈情叙旧任悠然。

咏牡丹

浩气精魂花木王，春光占断世无双。
亭亭玉立钟灵秀，冉冉淑姿国色香。
异彩霓裳芽吐韵，端庄闪亮蕊流芳。
雍容华贵通人性，丽日铿锵中外扬。

赞胡杨

从容不朽铁肩昂，嫩叶虬枝傲骨扬。
磨砺千年织画卷，修行百载锁沙狂。
盛衰豪放凌云志，生死倾情展俏强。
弱木天荒通气脉，扎根瀚海任风霜。

雾　霾

一从大地雾霾来，混沌污浊到处灾。
麦秆燃烧空气染，烟囱降粉绿苗埋。
风沙肆虐城乡暗，草木干涸百姓哀。
万物生长环保盼，阳光雨露少尘埃。

饮　酒

玉液醇香客满厅，猜拳斗酒逞英雄。
巧七八马九长寿，四喜五魁高六升。
三盏上头理智丧，两瓶下肚几神清？
劝君自爱莫贪饮，健体强身好梦成。

读《道德经》

圣贤著就《道德经》，史载千年万众崇。
寓意深情藏智慧，华章阐释露峥嵘。
专家商界谈奇妙，学者文坛论证鸣。
理念常温识宝典，修身处世自然明。

清明扫墓

祭日来临念故人，难忘父母养儿恩。
一家扫墓路虽远，万物选挑品却珍。
往事缅怀仁德重，哀思寄托感情真。
传家耕读聆教诲，幸福家庭靠苦辛。

清明感怀

天开丽景至清明，绿树轻风伴我行。
一路追思崇孝道，双膝跪拜寄深情。
心随供品慰先祖，面对坟茔热泪盈。
大爱慈悲昭日月，光前裕后百福萌。

忆父母

父母长辞三十年，常怀形影夜无眠。
谆谆教诲耳边绕，缕缕情丝心上缠。
梦里寻亲亲不见，醒来流泪泪如泉。
清明扫墓寄思念，强忍悲痛种孝田。

乙未母亲节感言

母亲是树又如船，为子遮风又挡寒。
十月怀胎尝尽苦，一朝分娩盼来甜。
无言奉献添白发，忘我宽容渐背弯。
感悟慈悲思养育，常歌大爱念缘源。

端阳怀古

宦海沉浮汨水殇，龙舟米粽慰忠良。
离骚笔下通宫阙，天问篇中溢史芳。
屈子千秋昭日月，谪仙万古感沧桑。
高歌辞赋追思味，不朽诗章焕曙光。

赞人民公仆

理政廉洁善待民，公平执法赤心存。
坚持信念求实干，明镜高悬为党群。
两袖清风拒腐败，一身正气不留尘。
无私奉献精神在，圆梦华夏万岁春。

注：为民乐举办《廉政文化作品展览》而吟。

菜 农

新建大棚一字长，贪黑起早举家忙。
收春种夏苗秧旺，挑绿摘红嫩脆香。
蔬菜果瓜分种类，青黄大小另装筐。
清晨上路穿街卖，午后归来笑语扬。

甘州自乐班

饭后茶余漫步行，休闲翁妪聚凉亭。
笙箫齐奏响天磬，锣鼓喧腾振地声。
眉户秦腔抒浩气，山歌小调润心灵。
你方唱罢他方唱，自娱自怡自乐情。

新农民

惠农政策暖人心，户户传来点赞声。
连片承包增效益，经营跨越创收成。
妪翁守户领孙子，青壮打工奔远程。
住着高楼上网络，勤劳致富寻新径。

感吟修鞋人

土地出租未等闲，进城摆个补鞋摊。

飞针走线成人美，补旧翻新客户欢。

冬夏甘心墙角坐，常年情愿汗湿衫。

沧桑岁月难回首，面对人生苦也甜。

人生感悟

弹指人生到暮年，流金岁月鬓霜添。

光阴荏苒痴情去，历史沉浮寡欲牵。

静坐庭前观燕舞，漫游原野赏花妍。

心宽乐善健康在，弄墨吟诗自慰仙。

学诗感怀

写诗吟赋两三年，奋笔扬波夜少眠。

择句寻章明意境，联珠缀玉自悠然。

登峰不畏崎岖苦，探海方知日月甜。

韵语临窗期胜景，开怀放步展新颜。

羊年话羊

乙未之年话养羊，辛勤饲养富村乡。
静观倒嚼回原味，闲赏奔波草灌肠。
跪乳知恩情不尽，温柔乖巧意犹长。
膘肥体壮长成日，骨肉皮毛赞誉香。

猴年话猴

敢闹天宫斗玉皇，水帘洞里自称王。
瑶池盛宴品甘美，东海神针任短长。
入地穿山凭本领，除妖伏怪露锋芒。
欢迎大圣人间降，扶正驱邪送瑞祥。

鸡年话鸡

披彩冲冠报晓明，仁文勇武信德呈。
凌晨月下催行客，村落田边捕害虫。
振翅抖翎雄姿展，帮亲护友热情腾。
献身捐体飘香味，万代千秋话美名。

观遛狗感言

收留宠物竟成群，早晚溜达总扰民。
搂抱怀中夸宝宝，抚摸背上叫亲亲。
穿行巷道惊翁幼，践踏草坪起土尘。
污染城区遭众怨，呼吁治理顺人心。

乡村见闻

农家小院向南开，花果飘香碧玉裁。
豆角含羞藏叶底，南瓜敞腹上阳台。
门前鸟雀枝头闹，屋后芳菲次第排。
满目珠玑流馥郁，乡情乡味入诗来。

退休抒怀

转眼两鬓霜，赋闲无事缠。
退居容我静，争利任人忙。
清晨空气好，吐故活肺腔。
踢腿练筋骨，伸腰展臂膀。
四时常锻炼，身板健而康。
练字提神气，吟诗翰墨香。

观书消永昼，不觉世炎凉。
广场观舞蹈，故里话沧桑。
老友相聚会，品茗聊家常。
日日开心过，天天沐艳阳。
无忧心自在，有乐自安康。
笑是强身药，愁为致命汤。
人老情烂漫，潇洒送夕阳。

心灵港湾

人生路漫长，有苦也有甜。
岁月匆匆景，生涯混沌年。
坚强是当下，脆弱靠磨炼。
吞海心胸阔，攻关意志坚。
待人宽处积，福向俭中拴。
展卷消天日，咏诗效谪仙。
抬头能走远，让步少撞墙。
山止疑无路，曲通别有天。
待人宽一事，对事察群言。
无欲心似水，有情意如泉。
一粥来不易，半缕物维艰。
文品清时贵，功名晚节难。
慈和超众上，仁爱在人间。
领悟人生事，心灵港湾连。

词 篇

翰墨生香

賀趙守森先生詩集塞月留吟發表

歲次丁酉年春月偉光之書

十六字令 （四首）

梅

梅。斗雪含冰不皱眉。娇姿现。春来我为媒。

兰

兰。簇锦幽香秀气含。肺腑沁。余味醉心田。

竹

竹。劲节虚怀铁骨如。凌云志。大笔对天书。

菊

菊。秋日浓情翠叶娱。迎寒霜。正气惹人迷。

十六字令·张掖大佛（三首）

一

佛。泥木身躯梦幻浮。精工塑。巨体世上无。

二

佛。静卧如生形自如。今逢谒。久慕引心舒。

三

佛。睡眼灵光奥妙殊。众生愿。佑护全家福。

调笑令·冬至

冬至，冬至，数九寒天展示。冰霜雪地洁白，又见红梅艳开。开艳，开艳，点亮青春如愿。

调笑令·霜降

霜降，霜降，大地素装别样。归家雁字向南，落叶风吹满园。圆满，圆满，四季如春心暖。

调笑令·喝酒

喝酒，喝酒，好友亲朋聚首。猜拳行令有规，输了只喝不吹。吹不，吹不，神仙贪杯迷路。

注：吹是西北人喝酒的一种方式。关家（过通关的人）输多了可以给对方卖，三拳卖不过去，喝三杯后再卖叫拍。三拳拍不过去，喝六杯后再卖叫吹。吹输一拳喝三杯，直至有人接过去。

渔歌子·大棚蔬菜 （两首）

一

塑料棚中绿菜全，葡萄茄子嫩香甜。引技术，搞科研，一年四季品新鲜。

二

万户千家务大棚，披星戴月冒严冬。走市场，进流通，艰辛汗水换收成。

捣练子·故乡行 （两首）

一

怀旧土，故乡行。草木清香道畅平。斗转星移百业盛，风光眷恋满目情。

二

行故里，漫田园。柳浪苗波醉陌阡。昔日荒芜浑不见，万千气象竞争妍。

忆王孙·游湿地 （两首）

一

轻风徐徐送清凉，芦苇翩翩喜气扬。漫道江南景色香。染霞光。一路欢欣话斜阳。

二

清风拂面喜重游，四野葱茏万木稠。湖面天鹅自竞舟。乐悠悠。燕雀腾飞歌不休。

长相思·卖菜女

种也忙，卖也忙，下地装车进市场。赚钱喜气扬。　果飘香，菜飘香，物美价廉任品尝。自称老板娘。

生查子·油菜花

风拂油菜田，滚滚黄云染。一片簇锦连，蜂舞花争艳。　山坡牧草鲜，岸上牛羊现。金色漫扁都，墨客游人叹。

生查子·沙枣花

虬枝铁干依，花怒清香溢。大漠战炎凉，堤岸遮风雨。　挺拔裹碧纱，蔽日流金玉。盛夏吐芬芳，蜂酿连心蜜。

浣溪沙·重游湿地

午后相约湿地行，清风拂面雅韵生。亭台小憩赋闲情。　碧草争妍仙鹤舞，鲜花怒放水蛙鸣。一湖美景颂繁荣。

浣溪沙·抗战胜利纪念日

日寇侵华铁蹄蹂，山河破碎血横流。沉思历史染心仇。　四起硝烟驱野兽，八年抗战金瓯收。高悬利剑固千秋。

西江月·张掖湿地

登塔凭收远景，倚栏尽享微风。青杨绿柳映湖中，画意诗情荡动。　玉宇琼楼映岭，苍穹广厦遮峰。芦塘百里露葱茏，漫步开怀赏境。

点绛唇·草原风光 （两首）

一

嫩草清波，苍茫四野春光映。碧纱峰岭。绿树依山景。　风送花香，十里心潮涌。牛羊动。牧童吆领。遍地生机梦。

二

秀水青山，牛羊滚动生机现。百花姿艳。大地风光展。　塞上江南，悦目心花放。凭栏望。万山红遍。喜气人间漫。

诉衷情·正月十五夜

甘州闹市赏花灯，一路赞声盈。腾空焰火多彩，丽景映蟾宫。　吟月色，话开心，悟人生。万民同乐，陶醉新春，尽领风情。

浪淘沙·人民总理周恩来

义胆侠肝贞，情系民心。建国创业立功勋。两袖清风存正气，不朽精神。　勤政抱病身，诚信求真。鞠躬尽瘁受人尊。万众同声歌总理，誉满乾坤。

临江仙·彭德怀元帅

戎马一生肝胆照，三军帅气冲霄。东征西剿亮枪刀。万言书坦荡，负重不弯腰。　解甲务农遭陷害，如同囚禁监牢。忠魂昭雪罪名消。军民拍手笑，青史载功高。

清平乐·张掖滨河新区

群楼美艳，起落云梯现。纵目园区花烂漫，万店千铺耀炫。　绿茵生态流芳，通途迈向康庄。沁馥环湾湿地，新城绮梦辉煌。

鹧鸪天·早春赏雪

大雪飘飘满地银，风逐旷野乱纷纷。开门但见花千树，室外方知寒气侵。　蒙日月，掩星辰。昼歇夜落润乾坤。早春迎来天然景，乐在眉头喜在心。

鹧鸪天·乡村人家

碧水村庄绿色家，门前果树正开花。欢声笑语身边事，最美悠哉品奶茶。　蜂吮蜜，鹊喳喳。阳光梳柳落金沙。田间四野清香景，锦绣桃园映彩霞。

鹧鸪天·张掖湿地

举目烟波泛绿黄，荷花红蕊吐芬芳。雄鹰旋绕寻幽径，野鸭悠然戏苇忙。　风瑟瑟，水茫茫。芦塘荡漾弄清妆。湖边游舫添仙境，如赴瑶池一梦香。

清平乐·农家中秋夜

早餐过后，相聚今非旧。好友亲朋频劝酒，笑语欢歌不休。　举杯邀月深思，田园茂叶繁枝。家底连年增厚，生活美满如诗。

采桑子·春到农家

春来四月花争艳，山河新妆。大地芬芳，陌上人家喜气扬。　和风细雨田园绿，苗壮人忙。景色辉煌，谈笑风生乐尧康。

沁园春·追梦

八项新规，律转阳春，狠煞四风。看倡廉反腐，重拳出击；拍蝇擒虎，灭尽害虫。上下清污，驱除万恶，明察暗访不放松。遵号令、大法包天地，杜绝三公。　严明法纪勤躬，万众聚齐心奔大同。夏甸看风景，坚持改革；艰辛创业，风展旗红。社会和谐，以人为本，美梦酿香醉九重。凌云志，喜鲲鹏彩梦，国泰民丰。

歲月留吟

附录一：

诗友酬赠

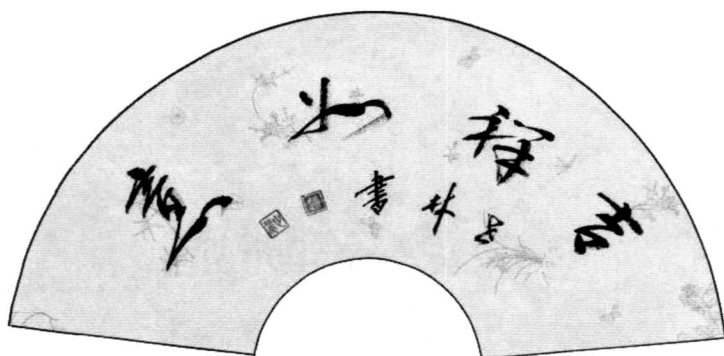

张克复

贺赵世林《岁月留吟》出版

人生岁月像长河，满是波涛满是歌。
留得佳什千百句，青春不老若山阿。

(张克复，河南伊川人。中华诗词学会副会长，甘肃
省诗词学会会长。)

王传明

遥题赵世林先生《岁月留吟》

羡公天水裔，从政却耽诗。

从政民皆乐，耽诗人共知。

祁连明壮志，沃野寄幽思。

岁月留吟咏，河西苗玉枝。

(王传明，山东阳谷人。兰州大学文学院教授，甘肃省诗词学会副会长。)

陈田贵

贺赵世林先生诗集出版

灵眸常望祁连月，绣口悄吟浪漫诗。

彩笔一支抒浩气，华章千首壮风姿。

（陈田贵，甘肃武山人。甘肃杂文学会副会长，甘肃作家协会会员。）

秋　子

贺赵世林《岁月留吟》付梓

一塘美韵赞无词，情酵祁连种巧思。
自古河西多妙手，哦吟路上又添姿。

(秋子，原名申晓君，陕西籍人。甘肃省书协副主
席。)

李中峰

读《岁月留吟》赠赵世林先生

老树逢春又发芽，抒情笔墨写心花。
羡君胸有凌云志，敢上长天摘彩霞。

(李中峰，甘肃民乐人。中华诗词学会会员，国家一级诗人，甘州诗词学会名誉会长。)

吴农荣

贺赵世林先生《岁月留吟》行世

弱水秋枫霜后裁，豪情不负旧襟怀。

江山饱识雕龙士，岁月钟情咏絮才。

西岭老梅呈异彩，兰亭墨蕊绽芳苔。

诗骚吟到头飞雪，乡味乡情入梦来。

（吴农荣，甘肃民勤人。中华诗词学会会员，甘肃省诗词学会会员，《武威诗词》编委。）

120

刘晓东

贺赵世林先生《岁月留吟》付梓

痴翁尚有大胸怀，育得奇葩耀眼开。
犹见芙蓉穿水绽，复现芳草入园栽。
淡浓雅韵与时进，深浅清芬巧剪裁。
笔下高情书远志，诗人健步上楼台。

（刘晓东，甘肃民乐人。中华诗词学会会员，甘肃省诗词学会会员，张掖诗书画研究会执行会长，《张掖诗词》主编。）

王跃农

贺赵世林先生《岁月留吟》出版（两首）

一

老来学艺务诗田，日日耕耘莫等闲。

种下真情多少树，喜玲珑果挂枝间。

二

移情别恋不适闲，岁月留吟年复年。

夜半推敲惊老伴，莫非新又遇良缘。

（王跃农，甘肃民乐人。中华诗词学会会员、张掖诗书画研究会会长，甘州区诗词学会副会长。）

吴元法

贺世林兄《岁月留吟》告成

政坛退后照开怀，思绪翻新看未来。
花甲学敲平仄键，诗心终让韵门开。

相见欢·再贺世林兄《岁月留吟》告成

公差交卷前台，未徘徊。却把人生大幕又重
开。　方知汝，耕文亩，种情怀。又报新鲜诗本
已编排!

（吴元法，浙江淳安人，现定居江苏苏州。中华诗词
学会会员，张掖诗书画艺术研究会副会长，甘州区诗词
学会副会长。）

陶　琦

赠赵世林先生

年近古稀人，诗坛咏唱勤。
吟成三百首，可贵是精神。

祝贺赵世林《岁月留吟》付梓

先生喜爱仄平平，不怯年高奋力耕。
入社无心图淡誉，擎杯有意拜群英。
取长补短虚怀见，戴月披星夙愿成。
恭喜吟坛声渐起，云峰欲上再长征。

答谢赵世林张萍贤伉俪招饮，兼致诸吟友

恰遇双休日，吟朋喜做东。
时蔬同品味，美酒任推盅。
饭罢寻诗句，兴来醉雅风。
真情难忘却，寄语片言中。

（陶琦，甘肃甘州人。中华诗词学会会员，甘肃省诗词学会会员，张掖诗书画艺术研究会理事，甘州区诗词学会会长，《甘州诗词》主编。）

124

石　松

贺赵世林先生《岁月留吟》付梓

卓尔超群立世林，文坛有士发清吟。

诗留岁月无穷忆，谁解河西赤子心。

敬和秋子老师
《贺赵世林〈岁月留吟〉付梓》原玉

瑶篇胜赞愧无词，意逊江郎觅巧思。

字字珠玑钦鬼斧，隔屏暗羡鹤梅姿。

（石松，原名刘金玉，甘肃镇原人。中华诗词学会会员，甘肃省诗词学会会员，甘肃省镇原县诗词学会会长。）

张真学

贺诗友赵世林先生《岁月留吟》付梓

时光不觉鬓成丝，病后梦牵年少时。
笔底云烟天晓得，胸间往事有谁知？
苍颜百褶留新作，老眼干迷著旧词。
半世红颜亲枕畔，漫卷痴情励志诗。

《水调歌头》·读赵世林先生
《岁月留吟》稿感怀

了却公家事，日子得清闲。结发同窗共勉，足迹遍乡山。习砚碑林拓帖，问道残诗入墨，知足梦回还。笔点祁连雪，痴怀弱水间。　钟楼月，丹霞色，境千般。凌高五岳览胜，险峻任登攀。独步苏堤柳岸，只影雷峰古塔，自乐觅悠闲。极目云天外，丽日暖苍颜。

（张真学，甘肃民乐人。中华诗词学会会员，甘肃省作家协会会员，甘肃省诗词学会会员，海潮诗社会员，《星星诗刊》特约记者。）

孔伯祥

鹧鸪天·应跃农兄邀，贺赵世林先生 《岁月留吟》付梓

一卷珠玑赋雅声，千帧墨宝播英名。

虚怀写就黄钟响，傲骨书来大吕成。

人逐梦，月追星，诗风词韵蕴奇英。

含情走笔含情乐，岁月留吟岁月鸣。

（孔伯祥，江苏徐州人。中华诗词学会会员，中国楹联家学会会员，徐州市诗词协会副会长，好来艺社社长。）

刘红军

贺赵世林先生《岁月留吟》出版

落日长河曾自嗟，闲挥毫管润霜华。

眼前云去星垂野，塞外秋来韵满霞。

花落花开若有意，半痴半怨亦无涯。

祁连山上雪初解，可与先生共煮茶。

（刘红军，江苏徐州人。中华诗词学会会员，徐州市作协会员，子房诗社社长，《彭城诗派》编辑。）

金文正

祝贺赵世林先生诗集《岁月留吟》出版
（两首）

一

夭桃灼灼唱芳春，寒菊飘香傲世尘。

岁月未随流水去，化为丽句启来人。

二

民间忧乐笔生花，雅韵飞传千万家。

一卷吟成铭史册，青山未老映红霞。

（金文正，安徽阜阳人，中学语文高级教师。中华诗词学会会员，安徽省诗词学会理事，《聚星诗坛》副主编。）

附录

沈桂枝

藏头贺赵老师《岁月留吟》付梓

岁华放鹤誉名扬，月韵和莺赋宋唐。

留得心缘连广脉，吟怀友结荐沧桑。

世情冷暖常相顾，林立春秋每吉祥。

诗作尤禅西部景，集句雅汇玉生香。

（沈桂枝，江苏徐州人。徐州市作家协会会员，徐州市诗词协会会员，徐州好来艺社副社长。）

李　敏

贺赵世林先生《岁月留吟》出版

亦为公仆亦从文，岁月长歌一片真。

借得秋光结成卷，天涯共睹有缘人。

（李敏，江苏徐州人。中华诗词学会会员，中国毛泽
东诗词研究会会员，徐州诗词协会常务副会长。）

王婉丽

贺赵世林先生《岁月留吟》付梓

塞上风光久慕钦，丹霞落日接苍岑。
秋风濡墨调清韵，留待笺中漫漫吟。

（王婉丽，江苏徐州人。中华诗词学会会员、徐州诗
词协会副秘书长，徐州黄楼诗社社长，吴门诗社社员。）

程建安

贺赵世林先生《岁月留吟》结集

赋闲大雅续新声，五百高吟动古城。

岁月如流去难返，诗心朗照九天明。

（程建安，江苏徐州人。中华诗词学会会员，徐州市作家协会会员，徐州市诗词协会副会长。）

杨树林

浪淘沙·祝贺赵世林先生诗词集出版发行

才气溢金声，健笔纵横。甘州吟苑道知名。雪岭倚松松不老，墨卷为屏。　心系故乡情，夙志长兴。黎民忧乐梦中萦。塞上春风吹度处，杨柳青青。

(杨树林，甘肃陇西人。中华诗词学会会员，甘肃省诗词学会会员，甘肃省陇西嘤鸣诗社社长。)

巩晓荣

贺赵世林老师 《岁月留吟》 付梓

丹霞多彩自天工，诗化灵空岁月中。
遥望祁连谁仰止，留吟丝路好相逢。

(巩晓荣，中华诗词学会会员，甘肃省诗词学会会员，甘肃省甘谷县诗词学会理事。)

何克林

贺张掖赵世林先生《岁月留吟》付梓

塞上风光多绮丽，丹霞黑水伴惊雷。

三千古韵精心赋，一幅新晴妙手裁。

阆苑行文寻雅趣，毫端沾韵效贤才。

乡情永驻诗潮涌，岁月留吟意壮哉。

(何克林，甘肃陇西人。中华诗词学会会员，甘肃诗词学会会员，陇西嘤鸣诗社社员。)

付伯平

倾杯乐·贺张掖赵世林先生诗作
《岁月留吟》付梓

　　陇上梅香，惠风和畅，冬荣庆爽高天亮。太常引、人生排障。思佳客、流金挥桨。张掖颂、歪理深埋葬。河西走来壮影，百炼憨模样。仁贤义厚，善思为民诚推广。　政艺功、多路齐旺。传统子夜歌，潜心痴望。探古析今，朝中措、李杜颜柳尊仰。破阵子、烛影摇红，浪淘沙漫霜天晓角放。月底修箫谱，眉妩好事近欢赏！

（付伯平，甘肃天水人。天水麦积山诗社执行社长、天水市诗词学会常务副秘书长。）

137

宋进林

贺赵世林先生《岁月留吟》付梓（两首）

一

属相与我巧为龙，年长一轮你为兄。
步入诗坛君发奋，夕阳酿就仄平声。

二

花甲人生涌雅思，写诗作赋自情痴。
峥嵘岁月留风韵，艺苑奇葩又一枝。

（宋进林，甘肃甘州人。甘州区作家协会副主席，甘州区诗词学会副会长。）

任武德

赵世林先生 （两首）

一

退休理应享清闲，身却常忙入韵坛。
览胜寻幽歌美景，吟诗作赋绘阑干。

二

生身六五雪添头，往事悠悠志未酬。
多少沉浮官海事，云烟转瞬几春秋？

（任武德，甘肃甘州人。甘州区诗词学会理事。）

孔令军

岁月留吟

——赠甘州赵世林

岁添南古韵，月下挑灯书。

留县耕耘老，吟诗更自如。

（孔令军，江苏扬州人。中华诗词学会会员，扬州作
协会员。）

赵丽娜

种春·贺世林先生诗集付梓

岁月悠悠纸上耘，耕诗裁句度昏晨。
园中且作雕花者，种出东西一片春。

忘春·诗赠世林先生

六十年来梦若纱，占山一角种烟霞。
红尘岁月悄然去，不慕春风只爱花。

烹诗·闻世林先生耕诗得句

由来案上字成双，十万才思涌大江。
拾取诗心烹一味，无痕岁月小轩窗。

卜算子·题赠世林先生诗意人生

揽月上高楼，月在心间住。一片痴痴照水柔，
且向云边去。　天际可摘星，照耀人间路。从此
诗耽万里春，小醉南山处。

（赵丽娜，甘肃甘州人。甘州区作协会员，甘州区诗
词学会理事。）

余廷林

题甘肃赵世林诗友作品付梓（两首）

一

陇上新词一卷开，人生最美是情怀。

灵魂战栗文思涌，张掖清风拂面来。

二

诗把香山真韵传，聱牙晦涩不相关。

书生拍案心倾倒，陇上风光任把玩。

（余廷林，贵州大方人。贵州省毕节市诗词楹联学会理事，《虎踞山》执行主编。）

142

附录二：字字见匠心

——读赵世林先生的诗《盼归》

王跃农

在外打工方领薪，回家电话便登门。

一双儿女逢人笑，妻子含羞点绛唇。

综观当代诗坛，反映留守生活的诗作如夜空中的繁星一样不可胜数，但佳作却凤毛麟角，十分难得。赵世林先生的《盼归》是一首令人拍案叫绝、过目难忘的妙诗，充满着诗味、情味和韵味。

这首小诗成功之处颇多，本文仅就构思之妙作简要分析，以飨读者。该诗最成功的地方在于借不同人物、从不同侧面、用不同手法反映生活，突出主题。诗中共写了打工者、两个孩子和妻子四个人物——一首小诗中出现这样多的人物，这在格律诗中是极为罕见的。每个人都着墨不多，但每个人都形象鲜明，个性突出。他们的共同点是"盼归"，心情都是喜悦的、急切的、明快的，但对这种心情的表达却各不一样。"打工者"领到工钱后，第一反应是赶紧把"回家"的喜讯打电话告诉家里。当得到这一喜讯后，全家人都满怀兴奋、满怀喜悦、满怀期待，但他们因阅历、情感、认识等诸多因素的影响，其表现也理应不同。正是基于这样的认识，诗人用不同的动作、不同的神态、不同的细节来表达不同人物的心理状态：一个"登"字突出了打工者之喜，一个"笑"字突出了孩子之喜，一个"点"字突出了妻子之喜。特别是写妻子的五个字，字字见功夫，字字见匠心，字字见情态。"点绛唇"本为词牌名，这又是年轻女性所特有的典型表现，巧用于此，词类活用，语带双关，生动地传达出了妻子盼夫归来的急切、喜悦之情和内心的微妙变化。此句形象丰满，含义丰富，给读者留下了无穷遐想、无穷美感和再创作的极大空间，很容易激起读者的共鸣和快感。

一首妙绝，其结句往往是关键。转、结句的成败，最能考验诗人修炼的程度、火候和功夫，也决定着一首诗的优劣。在这首诗中，诗人通过起承转结，步步蓄势，反复渲染，层层推进，结句揭旨，可谓匠心独运，水到渠成，妙在其中。

归家，本是一件平平常常的小事，但因为"打工"之故，男子在外奔波，妻子同孩子在家留守，聚少离多，亲人们之间饱尝离别之苦、相思之苦、等待之苦。显然，诗人对此有着深刻的了解和切实的感受。小诗通过巧妙的构思、典型的细节、生动的语言来表达含蓄的感情，写出了人物心理的微妙变化，突出了主旨，揭示出了写作目的，产生了感人至深的表达效果，避免了空洞化、口号化、标语化、简单化，给读者留下了回味的余地和空间。

品读这样的诗作，犹如夏日里徐徐吹来的一缕清风，无疑给人一种凉爽的、美妙的、过瘾的快感。欣赏这样的诗作，无疑是一种精神的享受。

（王跃农，甘肃民乐人。中华诗词学会会员，甘肃省诗词学会会员，张掖诗书画艺术研究会会长。）

后　记

　　2011 年退休后，我有幸和李中峰老先生住一个小区。在早、晚晨练、散步时，受李老先生的启示，产生了写诗的念头，从此走上了写诗的路子。2015 年春，我想把所写的 30 多首诗和创作的书法作品混合编一个集子。当我把这些诗送《张掖诗词》投稿时，又遇到了刘晓东先生。他听了我的想法后问我，为啥不把诗和书法作品分别各出一个集子？听了他的一番鼓励，我树起了多写点诗的念头。在后来的写诗过程中，我又结识了王洪德先生、王跃农先生和陶琦先生。王洪德先生对我写诗给予了极大的鼓励和支持。我向他征求意见，他总是表扬多，批抨少，一再鼓励我坚持写作，在学习中自我完善，自我提高。最使我感动的是他在百忙之中挤出宝贵的时间，为我写了《痴情执着便成诗——拜读赵世林先生诗集有感》的评论文章。这是对我莫大的鞭策和鼓舞。跃农先生帮我整理诗稿、经常与我交流创作体会，使我终身难忘。陶琦先生和我交谈中有句话给我留下了深刻印象。他说，要想写出好诗，一是要熟读前人的经典诗词，二是在创作中每个字词力求拿捏准，不能勉强凑合。几年来，五位先生为我写作引导、鼓励、指导、鼓劲，使我获益匪浅，深表感谢！

本集之出版，得到了诸多友人的帮助和支持。承蒙中华诗词学会副会长、甘肃省诗词学会会长张克复先生、甘肃省诗词学会副会长王传明先生等八方吟友题诗祝贺，甘肃省书协副主席秋子先生题赠墨宝，著名诗人李中峰先生和诗文大家王洪德先生作序，同乡董恒汕、付先之先生题词作画，均使拙集增光添彩，令人感激。期间，还得到民乐县委老干局张更生、张东良、刘和群局长的鼓励和同乡韩起祥先生、妻子张萍的关心和支持，在此一并深表谢意。

三年写了近 400 首诗，写作中有苦也有乐，为了写好一首诗，常常是搜肠刮肚，夜不能寐；有时写成一首感觉满意的诗后，内心也会得到乐趣，也会产生一种欣慰感和自豪感。回头再看别人的作品，感觉个人写得还是不如意，又硬着头皮想出版，俗话说丑媳妇早晚得见公婆，这就算是一种不怕丑的倔劲吧。集中的差错在所难免，诚恳欢迎方家和读者批评指正。

赵世林

2018 年 5 月 8 日